マルコロード

髙野 尭

思潮社

五月雨の父亡きあとの音をきく

丘

かつて南ヨーロッパの
とあるナラの丘陵地帯に
歩く丘がいた
褐色の肌をさらし、雨季には
涙が溢れんばかり海を満たし
風季に寄りつく樹木をひき剝がす
嵐がおさまると重い腰をあげ
歩きはじめる、丘の気配に
叫喚の真っただ中、にんげんは

絶望に泣く空を仰ぐ
浄罪を草木に秘め、しょくざいを糧に
止まり木を追う鳥たちを連れた
丘は、悠々と歩みつづけた

装幀　中島浩

マルコロード

黄泉の部屋

　うまれますよ
カーテンごしにせっぱつまるひとの声は
冷水をあびせる、天の悲鳴のように
かんごにんの呂律は、うから先がこわれた
血の気をひく墜落の渦中を呆然につかまり
声は脳に追いつかない皮下脂肪の
かぼそい肋骨を脅し、なにか
いのちの予感がとどろいて、慌しい
分娩室の振動から、現実がおそってきた

うまれますようまれますよ
うまれるんです
手術台ごといざる、廊下の長椅子できく
得体しれない軟体動物の、胞衣のように
鮮血にまみれた二つらしいからだ
輪郭がない、みえないから
赤い貌らしい、胸はいたいたしく
見られることを憚って
越えられない壁を、跨いで、くる

うまれますよ、前に進む見えないじぶんに
気の毒が、うまれる
瀬戸際にきた、あたらしいから
見なかったことにはできない

しんじられない、にわか舞台で
エルフリーデの部屋からひかりがもれ
私のときをほどかれた
閃光がはしる硝子窓から
やや上目遣いにもやい、仄めかす

しんじられないひかりのナい
箱物の真相に腋からあぶらがたれて
みずやさんそがよわよわしい
上肢のかたわれだった
うつくしいからだをころして
てらてらぎんにひかる仔牛の片あし
遅れたつとめが吸引分娩を図っていた
下肢からでてくる、死んだとおもった

ひらいてくる、ひらききれず
にくたらしくこじあけて、
単身赴任のばつがわるい
独り身のあんしんがちゅうぜつした
まっしろとまっかがきて、真っ逆さまに
うまれてくる、おそい晩の安息日でした
土産物店で買ったターバンを巻いていた

それから
喉笛がやまない、つっかえるからつっかえ
頸があんよをもいでいる、から腹を吸われ
事後にはガラス越しに札束をさしだす
日焼けした手で、義父は父親らしかった

もえる朝の回診には
名医のカウンセリングがめぐってくる
白衣の虎が行列をなして
もみあった（うまれました
胸をはだける、胸肉の毛細血管が青いまま
たわむ、つめたい聴診器におかされた
破水の暗がりから、前庭にくつろぎをやぶる
声の聲は彼方で耳にはとどかない

壁と壁とがむきあった
肩をたたき燃え尽きた
陽の窓際にたちつくしている
バートルビーの無想を
昼顔はおもった、そうおもった
からだ、夕陽にはえる赤はうつくしい

あんしんを宙吊られ、いのちの足場に
西陽がしずむ、白夜が眼をつむり

だれもいなくなった家屋のうえで
木の幹がほそってきえていく
しょくぶつがしょくぶつが
みどりみどりに、ゆたけし
根をかためる古代の土に還っていく

むずかるこどもをひきいれた
ささくれた茎の腕に、おもさを
毅然と身に堪え、植物するすがたを
わすれはしない

うまれますようまれますよ
もううまれている、だれかきづけない
うまれるよ、うまれていた
気がぬけて、魂がぬけてるから

きづかないきづけない
だれかとしゃべりつづけ
人無の奇跡がひかりはじめる

うまれますようまれますよ
さなかづらに気づく光の膜をつまぐり
まぼろしの手帳をようやくにぎりしめ
息をふきかえす、あれから
身がよじりはじめたのです

うまれます、うまれてしまってから
穴をのぞきこみ、懊休を争う
産声と声と声とが四つ巴にからみあい
魔性を帯びたディンプルが、うまれてくる

むし

むしっ、むしっ
あわててふりかえって
何も気にしないでください
もうはじまっているのです
凍りついた負のこごりを
これからも、気になさらないでください

リュックを背負って登れないなら
シューズ紐がふりみだれる

否定のみぶりは利き手の思いのまま
拘りだけが気まずい、手の乱脈を
ここで見てはいけない、見られても
ふたりだけのパントマイムだから
抜けだせなくなるのです

むし、むし
想いうかばない、それの呼び名
とっとと連れ去られていた
つかのまに不思議な時間と
駅のホームで待っている
蚊帳の外に気遣いもただよう
見ないふりの見かけは、分かち合い
体というもの同士が部分集合を探りあい
脇腹をこづく、無理を圧しつけていた

むしっ、むしっ
殺虫剤の幽霊がよぎって
ウィットの余地は、ない
たぶん、なぜなら
ぜったい、いきたく、なかっ、た

哭きやまないコオロギの羽音は
御嶽山の獣道には追いつけない
上昇気流は途切れがち、とぎれの空音に
煙がたつ、巌の頂にうむなくしく
ビニールシートを引きのばし
りゑの手は、膚接のよちを
いやでも受けとめられない
迷いを振りきれなかった

ブラックアウトした噴煙のさなかを
思うことが起きていて
釘付けにされた、孔というげんじつ
何も起こらなかった、かもしれない
事ごとと共に吹きとばされ
ふたりぶんの余白が、用意された

言の乱脈に押し流されていく
いつでもなんのことはない、氷空に
放りこまれる、穴の現実に私はいない
すゑのへにめぐまれた、と
忸怩がしいる、腹の口振りを
いまなら蟲とも幻視えるのです

蝦蟇の罠

逆流にあらがう蛙はうつくしい、大人になる
片手に発泡酒缶をにぎり、蛙になる
間がもてない、うつくしい青年だ、青年だ
がらんどうの胸襟をひらいて青年になった
つれない風にうなじをこそがれ
しわぶく蛙の喉、しわぶきのあたりに
泡をふいても青年になっていく
蛙だ、青年になる、青筋がたって
つめよってくる、ぞうの意象をはらい

切り詰めるひとの芽は不思議に思う
あそこにもここにも、なんの矛盾もない
カーソルをすりよせ、結局フリーズしてる
昼休みのログオフを長押しすれば
カップ麵の汁をすする、少年だった
すり鉢の貧乏ゆすりに、波風をたてる
鈍感な蝦蟇だ

ロシアンナイトの凍てつく夜には
バイカル湖の氷面に釣り糸をたらす
氷の沈黙と透明なからだの魚類を
たぶんたぶらかす、口角泡を飛ばし
ものにつかれ落とした、わざとらしい
菰包みを産んだ蛙子の手足を摘まむ
腹黒い、無垢な少年だった

青年の徴《しるし》

とおりがかりにみ覚えある
長屋のアパルトマン、遠近法でみる
場違いな佇まい、ブールな連子をみ張り
丸鼻のモノコードから、長眼を渡し
そおっとふれれば、儚さがわかる
るわをむのらら

扉を開き奥行きが胸をうつ、手元には
どんよりシステムキッチンが侍る

折こまれた、森の奥処が野蛮なこころは
ちりぢりに破けた和紙の散乱を悔んでいる
木組みの骨をふるわし、障子の被害に
小指を這わし背伸びする、よちよち歩きの
土着化したプロテインの動線は行場に迷い
裸身で苦労する、真昼間の心事でした

蛇口から重力をつめこみ、水の悪意に
水圧が堰をきってタンクをたたく
あつまりの鴨居を、簑字だったでしょうか
みずっぽいささくれ、つかれてもいるし
宵越しの勝敗は、穴吊るしの弱気に
負けたでしょうから、ほぐれてもくる
ＬＰ版で聴いたエナメルの、溝に残酷すぎ

別れたモードをはずれては
あああ、また羽をはやし飛んでいく

冬の雫をくもりがちに、消えてくれない
サッシガラスを体ごとたどる幼掌の
窓際にしがみつく魔の余白から
冷えた滴が、らを膨らむ

手弱女のこの、子猫をひやかすし
仔犬じゃないし子豚でもない
号のリトルネロは無類な笊の書き手に
まだ白魚のロンドに合わせ、懐いてもいる

身からほとびるなみだの錆は
赤黒い少年を呼ぶ、寝息の止んだ
ノートに靡くあなたに出逢いたくて
終日かしだいに明るみ、あゆみ寄る

象牙の客間

象牙の群れに円陣を組まれた夜に
鼻をつく襖のわし、しろく匂いも懐かしい
ねむりの傾きがざらつきはじめると
座敷童の影をゆらしに、よどみがめざめ
寝床をかきあげる、片割れの腕を逃れ
スライドするうつつの摺足には
笑窪がゆらぎ、あゆくもつれもあるが

生まれの運にやすらぐひと時は、破られる

灯の漣とたわむれにのりおくれた
しんじられないあることの筋が結ばれ
人肌をときはなって畳と気安い遊びもやる

ただよう霊気ばかりがにんげんらしい
睦みことなど、どううらぎったとして
しんみに夢をつかえ、笏の横っ面を叩く
しんしんと床の間に雪がふった

藪にらみには障子のむこうで杣をたてる
雪灯かりのおとない、夢みるゆめ
孛星の潮時に動ぜない一枚らしく
かみはゆられ絶海にうかぶだろうか
耳穴のしめり気を身なりがただす
すだれのむこう、無数の星座が空に

アイボリーの芋虫と無謬のみ空は
つめたい、左だけのからだ

とどろのどちらかで身をほぐす
渡すことの艪は漕手にむづかる支えだから
にぎり拳の象牙の駒は、ふいに
かしだいにころがりおちる

山中から

切り株を跨ぎ道なかばにたおれ
行人があった、秘儀を懐にしのばせ
気がふれてくる私の表でさまよい、芻狗に
籠めた土喰の息がとまる不思議に倦んだ

アリに空は見えるだろうか
むかしがたりに、山小屋があったように
雄鳥だったしそうでなかった須恵器の
遠い過去より近い土気に盛られ

かたられた藪にまぶいが応え
もっこがくるって、石と告る
砌の段差に活路が湧き、ことの毒が撒かれ
わぬは裂ける、言問橋を抜ける立ち行きに
不言色の境は干水に押されていく

暖炉からはずれて鬼に見える、隠れては
窓枠の外に、あの貌とこの甘露煮を
比べるコンロがメラメラ熾火をふきあげ
驚くようすは当の奴に、胸がむかつく
つきあがる利欲に、むらむらふれていた

もっこがわいて、あったかなかったか
昔話は若白髪をつついて問う

のどかな囀りに洗われる山小屋から
無風の波動は雷鳥に狩り場をなげだす
山鳥が殺気立つ山中に、つべこべつげる
山の旅人にあちこち聞き分けている

身体をはなれ、稲の旅人はイラクサを踏み
さっさと海辺へ移る、ひとの姿容が曝した
砂丘でアダンの葉は鷹揚に身がまえ
拝跪をしいた、アリのアリを
虫眼鏡で探してみたけれど
なくした記憶の糸が、ふと蘇る

六脚類のべたつきがうるさく
壁を食われ、くたぶれたアサギに巣くう
暗黒期にヒト化がすすむ

はだけた血の膚と逆上せた蛙
欲染みの動きに聲がたかなり
嗚咽がつきあげ、石筍がつきでてくる

じねん

泥をかぶった、横たえたしちゅうに
伊木力がこぼれもがれ
針を押しとおせば手にしみいる
鮮血が甘味をかどわかしたのです

迷いこんだハウスの錠前屋は
風雨の番とたくらむ子らの
嵐の予知にかんでもいたでしょう

路地裏の吹き溜まりにひろごり
箍をしめる内股の脚力には及ばないが
かわいた湊にはなぜ、かぜか
行倒れた骸は荒波に攫われていた

頬かむりをほどけず
悴むゆびの紅がふかまるのは
よわきな枝のことわりがなだめる
われと土ものの役目にかるがるしい
精霊とでいねいは撥ねておどろく
けむりの記憶に、子らのけものすぎた
生臭い濁りはさめて、匕首のきいたレシピを
覗きみる際どさに、一晩で剝がれた
デスマスクらしい、むたいなしを
頰張る、哀しすぎる性なのです

奴隷

俺は肉そのもの、逆上がりしながら診てあげますからとミンチに差し向けられた羊ソーセージだったソーセージ殺しのリンチ事件に加担した腸の解体劇にチャチャ入れる右手には出刃包丁で引き裂かれたリンチ状ソーセージの腹から雑多がきぃきぃ叫んで悲しい豊楽の歓喜にすんでを叺し撒き散らせながら喉仏を絞めあうY字体の儀式に闇裏を紡ぐ呆れた空を鋏で斬り落とす語尾をぶらさげ見上げる触れない触らない身分には何もかも、ほとほとみが幻視なんだ

無名

ひと聲の葛藤は葛藤のままで
心おきなく受けとめるものだから
土くれの香り、花弁を分け実を結び
一声で、井戸に気配を撒く

無言の界隈が拡がっていく
哀しみのクレパス、禍禍しくも
鉗子の声に、昼でも夜でもない
月下に時無草が顫えている

腹にもたせたクスニエを吐き出し
お腹をすかした仔犬のように
シュペルティーノ、大蒜を嗅ぐ
きっとハクビシンの悲鳴が聞こえました
ヌッサリーを歩いている

あの雨の五分間を覗いてみました
出くわす熊に挨拶して
生きて道なりの語間に血を巡らせ
狩りに出る

カヌーでの旅道にはぐれたカヌー
黒い羊を連れて、はぐれもの
むざんにも、息の下では耳がたち
顔の裏で会釈は隔たりを加減もします

咀嚼

さくらんぼを一粒ほおばる右頬が点滅する蟹のヨコバイを縦斬りにほらるる固
陋の日が経ちほのかな赤味をたゆたえば唾液の汀にたっぷり溺れて月に問うふ
てぶてしい姦しに口角は泡に濡れそぼる恥骨を飛ばし字の種子を拾ふ

ブーゲンビリアの蔦が伸びる

鍵をしめ外へでた
朝はまだ暗く
唇を嚙みしめ
胸元で祈るように
袖口を握った

ブーゲンビリアの蔦が伸びる
鍵はあかない
夜は俯く風が鞭うち

桔梗が散るころ、日傘を
蒸したスレートに差していた

ゲリラ豪雨がしつこく叩く
アルミ箔の破音、筒の覆いが叫ぶ
踏切を渡りきれば
小石の列が横並び、緑や青く居座っている

アーケードの商店街に、夜明け前
酔ってふらつく童女がいた
廃材をつんだ無蓋トラックは
無造作に轢逃げた、監視カメラに映る
抉られた頬肉を、車体ごと震え
膝枕に供え、人影は走り去った

個室の外は、眩い緑に囲まれて
きのうしんだ喪のリフレインを口遊む
頭上の防火壁の、青筋が黝ずみ
水溜りは、決壊したマグマの氾濫だった

街の谷間にガラが舞い落ちる
きらめく大河が空から、雪崩れる
雲の荒地は水平線にかくれ
遺体が運ばれていく

ブルーシートに包まれ、豪雨に叩かれる
秘密が覗かれたから、雨溜りに
悴んだ全身は、濡れた声に別れを告げる

前後の斜面は照り映えている

ビニール傘を差した
近寄りがたい視線を雨雲にわたし
弾雨が降ってくる
閉めきったシャッターを
重ね着され、貼り紙の束が
こもりがちに泣いた

アメリカンポストに手をつっこむ
指先に不在票が焼けている

ブーゲンビリアの蔦が伸びる
駅構内が一瞬左右にぶれ
そそくさと枕木で火葬された
だれも敵わない、置き忘れた

眼のやり場の、ささいな憩は
裏切りに避難し、砂利をふむ音が
耳には確かだった

ホームレスの人込みに溢れた
潰れたペットボトルを従え
アンニュイの尻尾が見え潜める
集団を掻き分け、ブランコを探す

鍵はあかない
鍵穴のむこうでは
気怠さがほごれてくる

鈍色のオレンジにくぐもる
胎児の雲海が犇き、鄙びた丘で

くいの十字架を背負う、氷冴は碧く煌めく
背後に弓矢を構え、空は青かった

ブーゲンビリアの蔦が伸びる
七色の虹が電線にひっかかる
鳥は動けなかった
キャンバスに留められ
ちいさな舌先が震えている
窓が開き、枝の若芽を切り落とす

鍵はあかない
ブーゲンビリアの蔦が伸びる
雨が降っていた
足ひらをうすら笑う
きのうが命日で、この手は動かなかった

言夢から

かたむくうてなへ
ながれよりたがい
うつほにすみつき
したたりよどむ
おのれをうめき
ひやかしをまとう
網をうてば、遅れ劣って
事の獲物をねらい
注釈がよごとにからむ

玻璃の格子は、理の使い人
てぐすをひく魂切りに
冴えた六脚を汚してくれる

新旧の鼎、酩酊にたむろひそむ
土壁をかきアリバイをこぼす
入れ子に小蛇をかくまう、櫃のかたさを
いっしいっしほぐしながら
網をたどり、細蟹の忍び足と
糸屑をやしなふ指さきに爪を育て
葉から火は篩骨にかくしたまま

うのさわりが
人草のすねを瞼にぬぐい
みるみるあざとく生えそろう

やがて喉骨はしわがれ、歯周を刮ぎとる
肌色にはだけた洞の
奥ふかい石壁は、艶のもろさに
石板を密使にたくしむ

行方はしれない
頭上に森を呼び
海辺になく砂の日影に
誘われた恋の、心は映える
浸みいる瞳に濡らす
透明な汚れのまなかに
一つを狂う、管をめぐり
湧きうみたつ熾火のしこりは
負けた自念のこだはりか

闘いの詩学は水際に揺れ
いがいが泣きはじめる
発語の主は膨らみにまかせ
ディストピアの汀に諜る
星が足りない星座をたたみ
胸はやけ、殺意に沸く
血の廻りをかき乱すとき
アッカド語を石板なしで読む

鵞鳥の歩容を投入し
平行棒の湾曲を反らせば
白い粉を、むせぶ鼻が鼠にふるえ
明石の君は猶、床の均と
だれでもいいのだと、キャッチボールは
友と共に言の劇の緞帳を押しあげ

人影はシテの袖に倒れ、腕を伸ばしてくる

奥義橋を上って下ると
黄昏る、格物の敷物が畏む
舞い降りかたしく謙る
せんじょうにつらなり
かたや順位のかなとカナは
歯切れる隊列から端っこに
置き忘れた悔みを
虜囚の位置に戻し
取り返しつかない絶句を詠む

なぜ冬の公園に居残る滑り台があり
やるせないミヌゥ・ドゥルエの

差し出すブリキの小皿は
曇天の錘に胸を潰される
手紙の在処と、噎びなく
パラソルの群れは遠ざかる
パオーンの響き、こどもらしく
夢想の霧で音の雑从に
恋しい呉音をきき分け
とかれた執着を打ちあげ、譯はある

向いのとぼそに顔をぶつけ
轟々たる炎上に、海鳴りの批難と
聲の凬に耳を澄ます
棒立つこの頭を飼い占め
海は青ざめる、追惜のおもひに

波柱をはしらす力線は
海をのまれ、見縊る水の夢を背負う
岸壁にすりよる未練がまほし
不知火の尽きる
人偏をうばった
詠み人の詩想を送りだす
瓦礫は歌を食み、痛みを刻んだか
濁点を残す悔いが余る

この暗がりは濡けそうで
経年劣化の痕跡を逃がし
ポエジーの息差しを袖にするか
一滴の葉の雫に懼れられた
不和疎通の詞辞をくむのは
読みとられた筆跡の時空を

大らかに戯れ、単純になれない
ゆるやかな絆を記憶にとかせば
想像力にすぎない、山羊の時間かせぎは
光にすがり、彼方を絶って算える
屈折した光線、歪みの面貌ばかりか
詩の後退劇を言祝ぐのです

プレートストレスは
サラジーヌシンメトリ
トキワ荘を散らせ
かなしみの雲烟に見守られるなら
言葉と記号が出逢う川にも、なる

二進法のマトリクスに飽きたら
クローズ型ブロックチェーンを組みなおし

日替わりで駅前広場に集まっても来る
片手間のプラトーにやすらぐ
感きわまった白眼で、母狼が遠吠える
砂漠の虚空へむかう
狼疾の人となったオオカミの
親心に悪態ついて銃口を差しむける
母の狂気としても、声を嗄らし訴えた
時間外の苦痛を共に味わうから
白夜を詠み、夢幻への時間かせぎは
終息を知らせる目配せとともに
だれをも忘れられない、鈴の音を生き
髑髏が咥えた長問いはほどけず
父親殺しの未遂事件は消去された
ＣＰＵの間歇を解体する
ＧＰＵのブザー音が鳴り止まない

どこにも蔓延る乱心の糸を紡ぐ
見抜けない闇の裏、地下茎の寂び
繊毛に凍みる蟋蟀の羽音、逸脱だとしても
舌尖を振り切る、浄罪を乞うみみなり
橡の衣を皮革につり、仮面をなめす
もとつの面映えかれはて无

偏心から

とおのいていく彼岸のあるまじき我が身に戦意が宿る
ちかよりがたい触りの面倒に
変り身をたつ風切りは、うをがあがる
しせつした右眼に裂けた友がむすばれ
かたりを支えに宙にあずけた
ふるまいの折目には塗り塩が合う

ねじけた知の劣位を、悪態に私有する
コインをなげ、中指の反り

あざやかな痛みの位置に紅をゆずる
燻ぶるきんとぎんとに謙遜がなく
攪乱をめかし、危の唐突をやどす
ゆふのメタセコイアに中有を放り
いきの身震いにとめた、芯でみずくろう
ホウ酸のみずをぞやってくれば
明礬は生気をゆるめ、皮をもめくる
ひがんだから、だを開きはじめる

さちのためではない、外面を塗抹って
たがへた糸くずの旅人は、掻き消えた
ゆめゆめ賢しらにも音に合わせ、バリア
フリーを摺足でまたげず女郎花を呼び
寝泊りもする、茶屋ですすり
出会うせちがらさの間が、らをむすびなおす

蛇夢

あだ花をさかせ
負けた陰謀を
ししの子らにふれまはる
星の組み合わせには
蛇を夢にしまう

波柱に浚われました

海辺で藍の長スカートを揺らしながら扉の
こちらとあちらで離れ技を交わしていました
合図にことばが足りなかったのでしょうか
膂力を養えない足ひらをうすら笑い
下りのエスカレーターを駆け上がると
きみには動く静止が纏わりついていて
踏み段は次々と壊れていきました

ホームに立つといつもと変わり映えしない
社屋の半身や沖合の浮子が、塗装の捲れ
看板のくたぶれなどが見え隠れていて
漸く死に物狂いの椅子に座り、話し始める
　エスカレーターの手もたれを滑って降りると
ハクビシンの悲鳴が聞こえました
　きっと喉を絞めつけられたのでしょう
むひの天使に尋ねれば真相は明るみに出る
　いっそ腹に靠れたクセニエを吐き出してしまいなさい

灼け爛れた砂地に百日草の目力が及び
海辺の花壇は生き生きと漣んでいる
寂しむさびしみに、貝柱の口説き文句が
耐えるのは、舌にはくどい尾籠な話です
記憶のハレーションは歯牙に賭けなくても

口舌の澱という我執が有り得ない
絵付けに慄える指先を、淪落の面影が追う
　そのときです、波柱に浚われました

密室の有罪

有罪判決をうけた起訴状の五線譜には白紙が欠けていた、誤解もあっただろう、ただ冷汗の水を撒き散らす手の現れに瞳は濡れはじめていた、U字型傍聴席の凹みでは尻を絡げて逃げ回っている、取り逃がした恥が刺さる全視線に陪審員のジェラシーは無毒のへびに絡まれた、はやく呑み込んでしまいなさい、ちぎれた鼬のしっぽがいたいたしいのは無垢の白犬と競った老いぼれの記憶ちがいだと推し量られるのでしょうが、斑な紅を帯び乳色が濁った浴室の洗面器の聖杯には、分べつ臭い艸を生やしたばばの現前を小声で有罪と囁く、眼には刺激が強すぎた、中庭で鳥影の盛土に香をたてる、それとこれはとぎれがちに麴味噌を似せた臭みのおぼぼしい想起を抓み、絡みあう染色体を引き離しにかかるポリエチレンの縮こみと拗ねる、この寓の偶は輩の籤引きに見事はずれ、閑散の雑踏を振り向きざま夢中で消しカスを貪って音を上げている

だから日向とひむかにペンを差しむけた
充てがわれた室に忍びこめない温手を思惟の遮蔽物を生贄にすれば落し子は増殖の途に腕をのばし、窓辺で凍える
粉砕するその名を呼びこんではならない、白のエクリチュールがさだめた無名の名だからとまた嘯く、意味の予感を孕みながら生み損ね、フリークだらけ、外灯の下で蒼褪めている君にはあのブーツは長すぎて履けないだろうよ

蛇口でぬらした手のひらにつく
儚くもよわいムスメとの逢引には
奥処に哭く千のまたぎがあり、外れていく
むつかるから障子骨が赤裸々に晒す
泣き虫だから罰が、罪の網にかかる

冷え切った小さな寝返りを、聞き分ける

文字の減産に身を剝り
ふれんちぱんの離食は怠惰な百日に
みをもちくずす、食パンの耳屑が黴て
魚尾型の焔は都市ガスの深呼吸に似ている
つるんつるんの前庭状態でおでこに貼りつく
キョンシーの御札であった

アンテナ

あらねあらね
飛ぶへりが
スプリンクの円卓で
せまき門をかいくぐる
ことのリストラにむいている

ざんげの星
青空に水玉をあおぎて
高志のくに、刺客をまねいた

あらねあらね
しみじみ亀虫とおくびをぬいた
石金もののやみつく死号を、ひたに
やみくもの金貨を腰に鳴らす

えんやええんや、プランの鑑
プラムとたがう、しくしく夜這いごと
枠はすり減り、へりくたるもの謂い
寄ればなお浮かれもの、肥えた眼をまやかす

人誑しは聳え立つコンクリのマストを形振る
ひかれあい相殺しあった人影と、一息遅れ
知りえた呑み込みは、見まちがえた
たいむらぐが今来をおそう、孤高を
蔑する魔の不思議に、一時代も築きました

密室の残余

やみの瞬く街の函で
ひかりの暗室に閉じ込められる
ことの断絶に縛められ、息止まる
アーケードを撓め、くぐっていくと
身振りは小踊る、すくせのとぼそ
志を堕とし、ヴィップルームを占める
釆女に割符をあずけた
うれいなく幕に包まれた空身に
なんのもんだいもなかった

易者のわりふる矛盾は筮竹の長さに合わせ
あんぜんであんしんを睦言にちらし
かくよう亡骸のノイズに反応していく

くりぬかれ、からっぽの膝がわらう
眼のいきとどく速さに、鉄格子をぬきさり
ズームがさあ、むべなるからぬりかべに
かりそめの寝床でできあった、手をかざす
溜めがすくないか余分にゆらぐ
南瓜の種がにらんでくる、監視のまたたく橙のかめら

壁ととけいがなりすます、誤読の
アームチェアを肘に、木乃伊の
キーボードをひらくいやらしい角度で
背馳ない反りのじゆうにくつろいだ

すきま風のおしゃべりは、宵にあたりを
こじつけ応えて謂う、泪はかくしたか
茶の間の憩いに妻子のあんぜんをこう
ねがえったうみの泥と潮風をあびせる
一人相撲が蔓延した、母胎の安らぎに

ほどよく損傷ない黄門につく
指先がかじかんで、門扉に爪をたて
黄金の草原で農場ごっこが脳裏をかすむ
ただやみくもに動く疎遠なせかいが
まとわりつく、なぜ問われ、不問に
付されない超力の手は、払いが悪い
そのままフェルトに放りなげれば
山羊の感情はいいのですから

爆風ではずれた鉄格子の行方は、燃え滓の
南瓜のスカッシュのインゲン豆の人参のビートの玉葱のトマトのほうれん草の
種を
コートの裏地に縫いこむ大地に
用心しながら横たわっていた

ほんとうは、夜間外出禁止令の深夜に
動物になりたかった、人間をかんねんし
特別じゃない不思議な悲しさが
突き上げる、ただ植物にあこがれ
ほんもののノンケの、鉱物と親和する
ひとの支配をかわし、個室に閉じこもる
秋の春の、無形の残余を待っていたのです

無体

いっせんを越えてしまった
つかれの形代を舞わす
晒の帯をまき潮目をこさえ
植字工が溶かす夢月の夜に
細工ごと一区切り
この世を去って
眠りの底でたえる
奇霊の、出俗

くるディストピア

うまれますよ、看護師の口蓋スタイルが
皮下脂肪のうすい肋骨までとどろき
すぼみから抜けだせなかった
うまれますよ、あわただしい分娩室に
得体しれないなんたいどうぶつには
鮮血にまみれ、どうたいと輪郭がない

晴天の夏、ストゥプに腰をおろしおもった
ファームエリアにつどう退屈も

あっただろうと、家政にはげみもした
胸をはだける、乳房のせんいが波うつと
青筋をたて、村の羊飼いは笛をふく

架空の庭にじっさい蛙がはねた
壁と壁がむきあう燃え尽き、蔓延した
中断はいのちの揺籃に、西陽を差し向ける
だれもいなくなった家屋は、柱をぬいた
シエスタを横目に、こどもを抱きしめる

うまれますよ、うつくしいからだ
むげんの手帳をにぎりしめ、とわに脈打つ
産声と声と声がこだまして
アザゼルは来世のエコーに踊りだす
触れない障らない

マルコロード

どこからかながれてくる、ヒヤッとした、どこからかきこえて、もやっとしたやまでもうみでもない、このへやでもないどこか、空でさえないそらから、どこからかながれ、よるべなく声にならず、だれでもない儘まぶいの符牒をぶらさげている、草場の陰なら奇妙な霊に反応する、からだごとかきこむあつい熱帯夜の密室でも、季の節が撓み、まぼろしい夢の気遅れは、見なれない、胸に手をあて祈った、騒々しい子音の症候がうっすらぬくもり光を帯びはじめる、逆流に疲れたポポロッカの、くたぶれているのに、譯もなくあつかましい狼煙をゆらすたび心臓を苦しめる、あなたの蒼く拍動する脈管がめくれ、頭が潰れるように痛い、憤怒が疼いて出てくるの、いやよたばしる戦慄の冷感を散らかせ、私生活の音ではなかった、母がくれた定規やハンマー煩わしかったもの、未済が降り積もる人の間を裂かれ滓の悲しみ、この身一つのからだに入ってくる、眼を開ければ森や草原や砂漠がラポールをうねりながら断絶して章立る、それは安心できる紅い糸に結ばれてもいて、そこで植物と鉱物がちぎりを交わし、気宇壮大を興し闊歩した、そういう密月もあった、どこまでも越境する麗らかな歌声はやまず、にんげんに見えない魔がさす、それからひとつの肉塊に滴る奬液が悶えだし魘され始める、うっかり太陽がくぐもる、浅黒く燃え尽きた染色体異常の生き残り、揺らぎの際に攣られぐうぜん分かれ道で風向きのうつろいに遮られる、それから何もかもが手遅れになって、きっと譯などない、手強く見えはじめる杣径の果て、不可知の琴線にふれる、こんこんと溢れる滝壺に身を投げた母の、姉が仰向いた青白い姿容や、草の枕が異流によじれ、こだれ、濛濛を賛える曇天の裏道のむこうに縹色を仰ぐ北の星が眩しく映えていた、音が盗まれ夜空に別れの絆をひく流星が今日も閃光を放っている罌粟の華がゆらぐ捌け口の零度は屹度ちがう日の華にからんだ不穏な弟をつれさって、逝った、ゆっすり遠ざかっていく、今際にかすりもぬけの殻に、あの風が見とどけ、郭公が生きものの過る前を、何か飛んでいる、億万の周回が刻印されそれを疑ってしまう、氷塊の障害物を砕氷にしてニスイを落とし今弾きとばしていく、この刃先が手に触れるおとが冷たいのか熱いのかはわからない、わからなくやたらやな予感に、沈鬱な白のクレパスには冴えた閃きが垣間みえる、ひょっとしてだれもがだんだん大人たちが高鳴って、地の果ての送り先にお天道様を迎えるために声色を変える、一抹の不安に脅された副船長さんが徐に背筋を傾げると、地の縁を絶って遠い道草を飛び立っていくとする

私には、泥棒天使に奪われた私が欠けて、詩の聖者をよぶ、生き証人と、書き急ぐことになんの矛盾もない小夜に凍月がほどかれると時が緩む、砂氷をス

ライスして水を飲みつくす海豹の飢えに憑りつかれ、私が、のしぐさの人形が揺らめく、船底の古木の地場からは逃げきれない光の闇、ちむしからさぬの晝にほどなく水嵩をまし、体温調整装置の警告音だろう、ウイルスを眠らせる保全基地で、フリーザーが作動せずヒステリックに打ち鳴らされている、内臓された生の基盤がのたうちまわる絣の音、聞き分けがない、鉤爪をもったサタンの鳥には見分けつく、天使が隠れ蓑で恐れをなし氷の岩戸に閉じこもる船来のカメレオンの膚が強張っているから、ラボでT細胞を取りだす研究日誌を後手に繙いても、雛鳥の悲鳴がようやく耳につく、麻布団をひっかぶり、持ち堪えきれない喉の渇き、とうに告示されさぶい声色で吐く息からがマイナスの沸点を振りきるほど文盲の衣装を纏い、規則正しい私がいないので、生まれの系列を横切って逃げこむペルソナの変装劇を繕う

生死の対称性が既にここでは毀れてしまった、そうだれもが感じとっていいのだろうか、ちょっとした夢の見間違いだとして、そうだったかもしれない、貘が疑いはじめるころ、蓮っ葉な旅路の一句の孔に落ちこみ、コドモオオトカ

ゲが待ち伏せる袋閉じの島嶼へ舵を切った、悪のエコーが屯ひそみ、応えよう
と湧きだす息がつまる、どちら様でしょうかと尋ねられ、引戸を閉めたまま堪
えがたい思惟の相棒が彼方なら、扱かれた声のどよめきに、被覆された魔の大
海を手漕ぎで進み纜をほどく

海峡を渡りきると
みどりのイルカに付き添われ
一艘のボートが近づいてくる
しろく煌めく氷の岸辺が水平に呑まれて
ヨンギー・ポンギー・ポー
の歌聲がきこえてくる

おどろおどろしい亡霊、いやね、ひょっとしてテロリスト、だったらいやね、これが捩れたカミなの、それともどこかに埋もれた鹿骨、ハチ公のスケルトンかしら、おそらくは科学が証明すること、みんなが問いかける、それはいつどこで例外の腹が膨らんでいくのでしょうかと、痼瘻玉がいまにも割れそうで罪深さの自問が馬鹿げてるからか、ベランダで空を見上げる私を指さすだれもが道を尋ねてはこない

健忘症で生き延びるってこと、少し笑える寝床は框なのに、夜のハリアリ島で後ずさりしながら未来へ進むロビンソン・クルーソーの孤独なんて、孤島の野蛮人にはここが島の中央通りなのかもわからない、無粋で無聊につけこんだ時間稼ぎで、表通りを闊歩し乍こっそり裏道に隠れる卑屈さに、なにも問題はなかったたし、鏡に見惚れて爪嚙みに耽るささやかな憩いを貪るだけ、深爪の罪は問えない

大猿に分断された聯は、事始めの行間を快適に跨ぐには、将来を眼差しながら過去へ退行する推論のサーフィングが適切だったかもしれない、私が落とされ彼やあなたを建てられなかった、逃散劇の演出をある分裂者の残滓に委ねたオレンジの夜空が今は煙たい、悪夢が見た新宿の夜のスモッグをモデルにゴジラ大の怪獣が後を追ってくる、背筋に届かんとビルの隙間から手が伸び火照った綿菓子棒を握りしめ、乳房の揺らめきと発熱者の周章を描いたF3サイズの窓枠越しには、歩道へ小指ほどの如雨露から溢す幻夢での実践があった、わざと溜口をきくその言い方のせいで詐欺師の弁論を墨汁で濁らし祭壇上に筆をおろす、生贄にされた造花のような嘘の芸術らしさ、変わり者にすぎないくせに、せいぜい真正の嘘はセーフティネットに媚びるの、だから身ぐるみ剝がすぞってアンドロメダ星人の命令には絶体絶命を弁えている、ナンセンスをエニグマいっぱいに溶かしこんだ漣のメロディ、クレタ島人が嘘をつかなければならない論理学に変調を来す暗号機のリズムだ小蟹の将来を思ってわたくしが脾臓に匿したの、膵臓の繭はただじゃ煮え湯を飲みきれない、習字の半紙に舳先の地位をかためる、そう夢見ていた、彼を立たせっぱなしで放ったらかして、虐めぬいたあの国債売り場で、それでどうなったか、朱い玉手匣は、ただじゃあ怒りは収まらない、お先真っ暗でまっさきに蓋をこじあけ、竜宮城の匂いをかいだ

洗濯物を干していた

そこで国際通りを横道にそれて真っ暗闇に意気を継いだの、やっとのことね、それで襤褸切れを纏ってモスクに招かれた、彼は心変わりした蛹の話法で語りはじめていた、もうしゃべりはじめたのね、世間様の口元ではさっきの蛙の眼が飛び出ていた、K・Yの持病を患うからだがとりとめなく萎えてしまい、夢中で蟬の裸身を撮りつづけたんだ

海の中央駅で騒めきたつ海鷗の叫喚に打ち震え蒼白の同志を見つめたのさ、

素破の術を慰撫され海鳥が降下したあとに表記揺れの受精卵を孕んでいた、誤字は読み手を値踏みする、咄嗟に紛れ込んだ旧字体の顔を即席でつくり、言い誤りを解読素として活用する探偵や心理学者のように見ないふりが最善だつた

ふるいに乗って
みんなで海へ出た
夏の夜明けは凪
ふるいに乗って沖へ出た
はるかに霞むカラの国
みどりがはえる、足は青く
ふるいに乗って海峡をまたぐ

　そのまま刺してよ爪先で、温かい波は大きくうなっている、蹴散らされた黄色に塗れもしバナゲームに入れ込む船頭達に翻弄されている、ワクチン補給地

のテントから盗みだし得意げに横ながすアテンダントの恥を曝す、大舵を奮って旋回、船首の十字架を演じる千鳥足で偉太利亜半島の亡命者と肩を組み船尾をふらつくハルビンの夜は井戸に捨てられたゆくりなく悪霊か悪鬼が小指でなぞる下降局線から赤提灯が懐かしい、泥酔し翻筋斗を打った塑像の嘔吐を掌に握りしめ遠目の骨格に支えられた、先っぽで別れたフレークの滝壺に噴霧に映るかわゆい亡霊たちがそこここ湧いてきた、跳躍する七色に腑分けされたゴーストの群れ、ファンタスムは脳軟化症特有の小孔群をわざわざ胸にあけ縮む、いずれにせよ額のミミズ痕には上手く化粧は、のらない

一昨日ここに身を投げた、公孫樹や欅の形貌を遮り鬱蒼と落葉樹林と針葉樹林が見通しを遮り棲み分ける、垂直に折れっちまった大地の罅の延長線上の夢に、境界線を超えた闇の形象を打建て巨木に隠れる、それから無何有の世の護符が認めた小雨がそぼふる胸のポイントに蘇り、詩は化仏に顕れたでしょうか

想像の斜め上をいくツアーリ秘蔵の擦過痕だった、TVモードで言ってみよう、洞窟はまたもや汚れっちまった靴の先っぽであり、壁面の影は受肉した毛の千切れと縁を結ばれるべく、舞い戻って東京駅のイリュミネーションに魅入られ眼を瞑り仮装流刑地に弦をはり血栓が毛細血管で凝る、逆立ち気味に嬉々として化学繊維に噎んでもいる睫毛の瞬きが呼びこむ晦冥との落差ゆえに、あなたは卒倒すべきだった、どこまでも踏みしめられる病弱な胸郭の持ち主に黒幕を張りつづける映写機に、日焼けしたフィルムを巻きこもうと亡国心が傾げる魔の山で、バガボンのパパは、夕陽に佇み、沈黙の秋を待っていたのです

わたくしなどはじっさい、自在に踊り狂う演じるトトロと脚色された光の俳優達の僕、明け方に紅い煉瓦のスクリーンの残像となって、うすく怒りながら、消えていく運命を知らされていない、予告編でしらばっくれたとしてもマジックミラーに手を振るだけ、反射的に娘の鏡像と戯れ膝を抱く、自伝ではモノローグの人差指が震え、朝焼けに濡れる海鳴りのエコーを民宿で共有した薄エモ

いメロドラマの想い出にすぎなかった、いやらしいモルの透視がひしめきあう

船尾に括られた船頭の下肢は、反射鏡ににがむす、波間をすべり海水の餌食となり抉られる皮と肉、鱶とちぎる夢庵を枕に恥毛の中指にふれ、下腹部の視角から鋭角に切り落とされた二本の硬直した涼ににじりよった光の伝導師を訪う、仮初に二人目の片眼から不正を見透かされていた、冷徹な文字の表情がパドックに収容された一格の私を見返してくる、波がつらなる、なあ、乳母に小突かれる、ぼぼくにはなんにもない変化に気づけない、きみだけを鳩尾が感知していて、二又に寂しげな陰影が二人を巻きつけしょっ引く効き目の良いボディブローで目が覚め、しかと結ばれ合いながらも受動態の使役がされるがままきみの顔が霞んでいくように、けっして詩句の波はいつまでも砂地に留まり届きはしない、掘っ立て小屋なので三和土の節目をのばし鞣す、なんと寄港地ではこの右手が赤ペンに忠される、私を立てる事の躊躇いを罪責感に苛む虫様筋のいざよひにたじろいでもいるムーサ、アモーレベアトリーチェの把手を手放し身

体ごと開く、性的破壊の賓と出逢い、島国の魔法円から桎梏の脱出劇を幕が開ける皆無名の家族に支えられた、虐げられる無力の、地獄を惜しみなく詩の自由と魘される、ばらつきを整えれば閉ざされた性の力動の出口が見えなくなる、注釈を間違え罰を遁れようと被疑者の哄笑にあやされ湿ったシーツに包ればお呼びがかる、事態はフルコミッションの相場が夜と暁の意味差としてファルスを誘導する文法の致命傷になった、言わば模擬作文の唐草模様だ

瞼を透かす蒼い靄のながれ
森がゆらいで、私は縦にうつり
天井桟敷の藁が匂う、瘡蓋に
転居ねがいをあて、絆創膏を貼る

疼いてたまらない、私の出っぱりは
検診で躓くのがいい
何かあやしいもて余しだから
観劇者の溜息が外に洩れる理がある

神韻鏤骨ってただ書いてみよう、中身がかすかすで放射状にふやけた毛筆だけれど、四字熟語が長らえたぶん、漢詩の密封空間に収容されそうで引き返す、どう風孔を目論むにしろ呉音にしろ、貉の罠に嵌まるなら、もう一肌脱いでも、笑えない疲れに襲われてしまう

神韻縹渺に目覚めた隷書体にむかってひと晩一刷数えていっても現実味は行間をうろうろ連想が渋滞するばかり、トリックスターと差し替えた誤植を透かし揶揄われるだけ霊気心すらばれていないんなら未だベランダには罌粟の華がゆらぐ、すねた零地点にいるはずだ

朱い靄のながれ、私は縦にうつり天井桟敷に
藁を匂う私は錯雑とした感情が沈んで渦巻く赤黒い坩堝に蓋をして何事もない
片時のメール削除に歓喜を芽生えたり
私の生命線を絶縁体で遮断されはしない、もっぱらミューゼスの祈祷者には俺の棺を担いでほしい、アステリスクを付けて区別できない体内リズム・バイオリズム、見落とされた復讐劇に鳥兜の効能は無用だ、と囁やかれる

朝の冷気にうつる喜望峰の、とぎれとぎれに耳をすまして双眼鏡を覗けば、一瞬に暖流に乗り換えガラパゴス諸島に漂着、未開の断層をミクロスコープにフォーカスすると、それだけのこと、デッキ上であたしの振替る身体を狙えるっていうんだから、あんたの手は届かないはず、紙芝居仕立てに捲るめく恋の行方を子孫末代までの朝、夜明けごとのっぴきならない呂律を武器に、見慣れない不審人物のマイクロチップが内身から流す伝言ゲームは誤解の漂流だ

軋んだ船尾の脂が、指が切れて野鳥に遮られる、遠目にロープウェイの空中線と重なり合い中腹ではあったけれど、心の橋を渡り遂げるために意況の円環が閉じられる、異境ではまたもや異教徒に夢中で、白い装束の乗客たちに揉まれ、さりげなく数をかぞえ重さを計れば、森のアンテロープにさえ諄さを知らせず、その自明のむこう三軒隣りで架空のベソレリスを呼び、ペルソナを飼い馴らせばいいのです

白波と赤波と青波とそれに黒波が待ち構えていて、自滅を間違っても鳥の交接を無限に耽るっていう着想は今は許されない、何故なら眠りに滑り込む祖先以前では何もかも夢想にすぎないから、つまり周囲を遍く分解して丹念にショートケーキの分断を進める、真っ暗い深夜に蠟燭を頼りアクアリウムに珊瑚礁のスペクトルは、仮面を剝ぎとられた素顔、亡きものと刻まれショッキングピンク色のリップクリームで、笑窪を埋めつくしました

だから僕たちは、何色にも見えない
何人でもなく所属もしない
僕たちに占有されたスペース
窓を開くと床底が抜け、雲のはたてに
気がつくと太陽が遠ざかっている
邯鄲の夢のように、生涯を終える
なんの齟齬さえない、宇宙塵の塒で
眠っていたい

号令をじっと待ちうける執事の不在感で近寄っては遠ざかり、昇天した散逸を繰り返す失語患者の長蛇列があった、踏みはずす経路などどこにもありはしない、六面体の箱に虜囚の身となって、寝そべっている窓と扉を没収された空っぽの球体でリモートワークの無限円環プログラムを内と外に行き来しながら組込まれていった、無防備な不躾さ、ハンディな愛と誠さながら風化に曝され

たシンボルの骨を交換しあった、ついさっきの今も／／／／／／
船室に封印されていた言葉たちを思い、つぎつぎと画一に整列したヨットのうてなを百足状に鬱憤を晴らしたい、集合を繰り返し展びていく海原に投げられた瓶詰たちの密封や酸欠、あるいはハリセンボンの無謀運転を眺めながら、甲板から珊瑚の枝がふやけて揺れる

密林で出会うやれーぬーがや、ヤムヤム、アーミーナイフの切れ味はこの目のつまった網眼の奥に隠されてはいない、幻鳥を狩りした幽閉の刑期を言い渡され、回虫たちの土豪でも泥まみれで殺しあった、糸のきれた死後には、マクベスの洞穴に墜ちたアンテロープが見たくて、ピンホールの縁を彷いつくし、忘れてしまった窪みで生き残りを賭け、尋ね歩いた

ざらついた漁船団の強かでしつっこい訴追だった、密偵に飼い馴らされたアゴラの亀裂は三位のユニゾンから一気にアレグロを魔境へ追い込んだ、じじつ遡及探索の偽装にオランウータンが一役買っていた、累世の誼だという彼

処、オランウータン自身の錯誤だったとしても、縫ぐるみでない純正らしい
人工頭脳が既に作動し始めている

褐色の体毛を振り乱していた、強靱な爪を疾駆させた、埋蔵され沈積した究極の智恵の宝庫を掘り続けるために、表音文字を挑発したじぶんの骸をもがきつづける謀り、過酷なフェイスシールドを粗塩で洗い葱を刻む、時には魔が差し傍らの肉片をくすねる、へこんだ笑いをねめつけ眺めすがめつ至難の対立を極める交流こそ詩の栄養だから、柿と杮を見間違える朦朧の船長にへばりついた船体を搾取する藤壺にはなんの矛盾もない、生物として生き残る善意の天性を信じているだけだ

美しさと醜さの発端に意図を解し覚悟する、もろとも船首に寄臥し船底を覗き

見、色褪せ萎れかかった身体を震わせる、身震いが海のゲシュタルトに転移し
海面に散らかったシュンボロンもピアノロールが付きかけなくなり兼ねない、
見えない針の檻の迷絽にスクリュー音は耐えられない、悲惨が海砂漠の表面に
付いて君の後頭部から私の耳が離れてくれない、私は無理が苛立つエンドンを
培養させ、益々冴えてくる自己触発の軌跡を追い、この感触を手離し喪った時
間を裏切りながら頻りに屈折率を測る、幽鬼の叫喚が聞こえはじめると、呼ば
れ名のない無垢の鉱物に、乱詩体へ突進し言葉の記号を抉りだす元素化を図る

徐に心事を拭う、視力の解像度を剝がされ筆の調教師を道連れに鋭利な翼を
もぎ取る、あとは墜ちていく語の結び目を爪繰りながらオフ細胞を起動させ光
闇の綻びを紡いでいく

さあ沈んでいく、お腹と首、窪みから水紋を帯び、寄せくるかぼそい糸を辿
り心の臓腑に潜っていけ、昏い泡立ちを弾き束の間に現われる霊印を匿う秘跡

の抱擁が吃る、そこで身を捩って感じるがいい、魚群の螺旋に看取られるから、
精霊がよぶ魔的なエコーが鏡の身体を削り、名前のない海藻の大群に見守られ
るのです、指間には水掻きが生えてくる、イトトンボが過る深海ドレープの揺
らぎに身を任せ長閑にゆるやかに絢う藻と化して、珊瑚と巡り合い魚卵を孕む、
人間らしい胡乱に欠けてさ、啼き腫らしてでもしんじるを覚え
回復へのエクスタシィは、掉尾を飾るマリアナ海溝で快哉を叫ぶ
触れない障らないしはむいにかなぜかきつづけるのかなひていいと、そこはか
となない懸濁によどむ縊れた出口を弄りつつ闇の瞬きに手向けられた思いの燐光
をはせ、彼方の顔容が遥かに灯る泡立の漾う水紋を貫きやすらかに揺れる言夢
を目覚めさせる閃光を浴びせた

高野　尭　たかの・ぎょう
二〇二〇年『逃散』（七月堂）刊行

マルコロード

著者
髙野《たかの》 尭《ぎょう》
発行者
小田久郎
発行所
株式会社 思潮社
〒一六二—〇八四二 東京都新宿区市谷砂土原町三—十五
電話 〇三（五八〇五）七五〇一（営業）
〇三（三二六七）八一四一（編集）
印刷・製本
三報社印刷株式会社
発行日
二〇二二年七月二十日